Noël

UNE FÊTE

De Noël

A BETHLÉEM

Par Fréd. Christol

UNE FÊTE ❧

❧ DE NOËL

À BETHLÉEM

Par Fréd. Christol

Publié par la Société des Écoles du Dimanche de France

33, RUE DES SAINTS-PÈRES, 33

PARIS

A MES JEUNES AMIS DES ÉCOLES DU DIMANCHE

Hermon (juillet), pays des Basoutos
Sud de l'Afrique.

UNE FÊTE DE NOËL A BETHLÉEM

SOUVENIRS D'UN VOYAGEUR

CHERS AMIS !

IL pleut depuis des heures, le paysage est triste, et les vitres couvertes de larmes... C'est un beau temps pour voyager... dans le domaine des souvenirs et s'en aller bien loin se chauffer au soleil des jours envolés.

Pas besoin pour cela du wagon à bœufs de ce pays, ni de la *filanzana* de Madagascar, ou du *tram* de chez nous—qui du reste est toujours complet quand il pleut—il suffit de faire comme le lièvre de La Fontaine qui en son gîte songeait.

JÉRUSALEM, VU DE LA ROUTE DE BETHLÉEM

Donc, ce matin, en feuilletant un album de photographies, je me suis arrêté songeur sur des vues de Bethléem, et les détails d'une visite que j'ai eu le grand privilège de faire dans cette ville « qui n'est pas la moindre de Juda », se sont si vivement représentés à moi que j'en ai oublié les heures de pluie, le froid aux pieds, car nous sommes en hiver de ce côté-ci de l'hémisphère sud, et l'eau qui découle jusque dans la maison.

Il y a juste vingt ans que j'étais en Palestine, amené par un ami, un condisciple de l'école des Beaux-Arts de Paris.

Nous avions déjà passé à Jérusalem bien des jours,

ajoutant pochades à croquis, ravis des souvenirs
bibliques que nous trouvions mélangés à la vie orien-
tale, lorsque nous acceptâmes avec joie d'aller le
24 décembre à Bethléem assister à la fête de Noël
préparée pour les enfants de l'Orphelinat protestant,
et à l'issue de laquelle on nous engageait à nous
rendre dans la vieille Eglise de la Nativité.

LE TOMBEAU DE RACHEL

E Jérusalem à Beth-
léem, il y a à peine
huit kilomètres.

Après avoir dé-
passé la porte de
Jaffa, la route des-
cend dans la vallée
de Hermon ; nous
avons à gauche le
mont de Sion tout parsemé d'oliviers et sur lequel
s'élève le grand Orphelinat protestant fondé par le
digne évêque Gobat ; à droite sur la colline se dres-
sent des moulins à vent et les constructions dues au
philanthrope israélite Montefiore, près desquelles
aboutit la ligne du chemin de fer de Jaffa. Encore

une petite montée d'où l'on a une vue étendue sur
« El Ruds », la Ville Sainte, et l'on traverse la plaine
des Rephaïm ; c'est une jolie course à faire à pied.

Passant à gauche du couvent grec de Mar-Elias
ou Saint-Elie, on atteint le tombeau de Rachel où
presque toujours des Juifs sont en prières, et laissant
à sa droite la route d'Hébron, on s'engage sous des
arbres entre lesquels on aperçoit bientôt la Ville de
David.

Je ne veux pas m'attarder à vous donner beaucoup
de détails sur cette jolie petite ville — *La Maison du
Pain* — comme l'indique son nom ; elle s'étage sur
une colline rocailleuse, présente un aspect fort pittoresque et est dominée par l'élégant clocher de l'église
protestante, élevée il y a peu de temps par un archi-
tecte de Jérusalem, beau-frère de celui qui écrit ces
lignes ; enfin elle semble plus heureuse et active que
les autres villes de la Palestine.

BETHLÉEM. — VUE PRISE DE L'ÉGLISE DE LA NATIVITÉ

Broche en nacre faite
à Bethléem

Les habitants qui sont presque tous chrétiens, mais se rattachant à différentes dénominations plus ou moins altérées, par le formalisme et la superstition, y travaillent très habilement le bois d'olivier, la nacre et la pierre noire provenant des bords de la Mer Morte ; de plus les Bethléémitaines qui ne sont pas voilées comme c'est la coutume des femmes arabes, sont fort gracieuses, et leur costume original est très pittoresque.

Est-il besoin de le dire, que de cette ville de Judée, dont le nom est impérissable, la pensée évoque le souvenir de Ruth la Moabite qui arriva ici un soir avec Noémi, vers le temps de la moisson des orges. On pense aussi à David, le berger devenu roi, puis surtout à Jésus avec lequel, comme a dit un de nos vénérés pasteurs : « Une nouvelle création commence, une nouvelle humanité vient d'éclore (1). »

(1) *Foi et Patrie*, par E. Dhombres.

Enfin, on s'y représente également le savant et fougueux Jérôme, le premier traducteur de la Bible, qui a vécu ici de longues années.

La fête de l'Orphelinat fut simple et touchante — un arbre de Noël à Bethléem ! les enfants ne reçurent pas comme ceux d'une école du dimanche que je connais : les garçons des « pains quotidiens » et les filles « des ridicules », mais chacun sembla content de ce qu'il vit, entendit et reçut, et c'est le principal.

Nous nous rendîmes ensuite à l'Eglise de la Nativité, qui est, sans contredit, la plus vieille basilique

BETHLÉÉMITAINE

LE PARVIS DEVANT L'ÉGLISE DE LA NATIVITÉ, A BETHLÉEM

du monde, puisqu'elle date en partie du ɪᴠᵉ siècle. Elle a un peu l'air d'une forteresse et la porte d'entrée est des plus basses. Mais c'est, nous dit-on, par mesure d'ordre, pour empêcher les cavaliers d'entrer à cheval dans l'église !

Celle-ci, qui est des plus vastes et à laquelle sont reliés plusieurs couvents, appartient aux latins ou catholiques, aux grecs et aux arméniens, ce qui donne lieu parfois à des querelles qui n'ont rien de théologique.

Le Consul de France nous ayant très aimablement remis une lettre de recommandation, les deux *Francessi pittori* trouvèrent un accueil empressé, on nous indiqua le réfectoire, on poussa même l'amabilité

« CAWAS » DU CONSUL DE FRANCE

jusqu'à nous montrer des lits où nous pourrions aller nous reposer après la messe de minuit...

Nous visitâmes l'église en détail et nous nous arrêtâmes un moment à l'endroit, envahi de pélerins et éclairé de nombreuses lampes, où se trouve une étoile dorée fixée à terre et auprès de laquelle on lit ces mots : « Ici est né Jésus de la vierge Marie. » Mais dans la partie de l'église qui appartient aux latins étaient installés à terre des centaines d'indigènes qui attendaient plus ou moins bruyamment l'heure de la fête.

Vers minuit parut le Consul de France qui honorait la cérémonie de sa présence ; il était en grand uniforme, précédé de quatre *Cawass* ou gardes d'honneur splendidement habillés, munis d'énormes cannes à pommeau d'argent dont ils frappaient ensemble sur les dalles de l'antique basilique et faisaient reculer d'effroi et d'admiration la foule qui se trouvait sur leur passage.

Bientôt après parurent de nouveaux Cawas, suivis du patriarche ou évêque latin de Jérusalem qui présidait la fête. Il avait sur la tête une énorme tiare chargée d'ornements d'or et d'argent, ainsi que de pierreries, il était couvert d'un grand manteau sur lequel aussi « l'or se relevait en bosses » ; enfin il portait dans ses bras une sorte de corbeille contenant une poupée en cire représentant le divin Enfant !

On se sentait loin de la crèche de Bethléem, que le récit de Luc rapproche si bien de nous, et bien loin aussi du Maître humble et débonnaire qui se tient près de ceux qui l'adorent en Esprit et en Vérité !

Vers deux heures du matin, nous allâmes nous *réduire*, comme on dit en Suisse, dans un grand dortoir composé de bon nombre de lits déjà occupés par des personnages plus ou moins barbus et ronflants. Nous étions à peine endormis que des prêtres, dont on nous avait donné les lits par erreur, vinrent nous réveiller dans une langue inconnue et étrange. Mon ami essaya de discuter ; il parlementait en français, en allemand, peut-être aussi en anglais... Mais quand on est réveillé en grec ou même en arménien, et qu'on entend de tous côtés de petits rires étouffés, le mieux, à mon humble avis, c'est de se lever au plus vite et de déguerpir avec le plus de dignité possible...

Nous nous réfugiâmes sur les divans de la salle à manger et terminâmes ainsi cette nuit de Noël à

Bethléem, qui reste comme un des souvenirs les plus précieux que les deux vieux amis aiment se rappeler…, même quand il ne pleut pas.

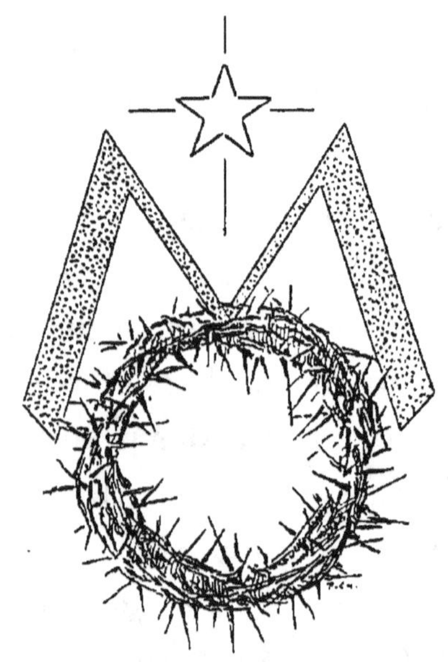

AIS les cœurs s'élèvent plus haut et montent jusqu'à Celui qui ne trouva pas de place dans l'hôtellerie de cette bourgade il y a dix-neuf siècles, et qui, encore aujourd'hui, est bien loin d'occuper la place à laquelle son amour éternel lui donne droit.

Dans combien de cœurs en est-il ainsi? Combien de créatures humaines souffrent et meurent sans savoir qu'un Sauveur leur est né? Combien d'autres gémissent, aussi bien dans notre vieille Europe qu'au sud de l'Afrique ou ailleurs, sous le poids de leurs péchés, ignorant qu'il n'y a plus de condamnation pour ceux qui sont en Jésus-Christ et qui marchent, non selon la chair, mais selon l'Esprit.

Oh ! que Dieu nous aide, petits et grands, à faire connaître aux autres le bonheur qu'on goûte à être chrétiens et héritiers de la Patrie éternelle !

> Voici le Christ des délivrances (1) !
> Lève le front, toi, l'opprimé !...
> Et les radieuses phalanges,
> Planant aux profondeurs du ciel,
> Séraphins, chérubins, archanges,
> Aux petits ont crié : — *Noël !*

Fréd. CHRISTOL.

Missionnaire à Hermon (Lessouto)

(1) Mme A. de Gasparin.

ALENÇON. — IMP. VEUVE FÉLIX GUY ET Cie